LA CHUTE

DE

NAPOLÉON.

Poëme.

PAR

J. P. COLLOT,

DIRECTEUR DE LA MONNAIE

PARIS,

CHEZ FIRMIN DIDOT FRÈRES,

RUE JACOB, 56.

1841.

LA CHUTE

DE

NAPOLÉON.

POËME.

—

Chant Premier.

TYPOGRAPHIE DE FIRMIN DIDOT FRÈRES,
Rue Jacob, 56.

LA CHUTE

DE

NAPOLÉON.

PAR

J. P. COLLOT,

DIRECTEUR DE LA MONNAIE.

PARIS,

CHEZ FIRMIN DIDOT FRÈRES,

RUE JACOB, 56.

1841.

PRÉFACE.

Le public sera surpris qu'à mon âge je me hasarde à faire des vers. Le motif qui me les a inspirés me servira d'excuse.

M. Bignan, mon parent, avant de publier son poëme sur la campagne de Russie, vint me le communiquer et me demander des conseils. Après l'avoir lu, je lui dis qu'il n'avait traité qu'un épisode d'un vaste sujet; qu'il devait l'embrasser tout entier et chanter la chute de Napoléon.

Cette terrible catastrophe vous permettra, lui dis-je, de retracer les principales actions de ce grand homme. Placez-le dès le premier chant dans toute sa gloire; élevez-le à son apogée dans le second et le troisième; et consacrez le quatrième à son mariage.

Les quatre chants suivants raconteront nos guerres en Espagne et en Portugal. Que de questions politiques à traiter! Que de mœurs différentes à peindre! Que d'épisodes intéressants à introduire! Que de faits mémorables à immortaliser!

Je consacrerais le neuvième et le dixième à la fatale campagne de Russie. J'y traiterais l'intéressante question de l'indépendance de la Pologne.

Le onzième célébrerait la lutte de Napoléon contre l'Europe coalisée. C'est là qu'il faudra le peindre tel qu'il fut : plus grand dans cette adversité que dans ses jours de gloire. N'oubliez jamais que si vous devez exposer ses fautes dans tout leur jour, vous devez aussi montrer dans tout son lustre l'éclat de son génie. En fut-il un plus vaste? fût-il jamais de vie aussi pleine? C'est bien de lui que l'on peut dire :

Nil actum reputans si quid superesset agendum.

Sans doute elle eut des taches cette vie ; mais quelque forte que soit la trempe de notre âme, ne devons-nous point tribut à l'humanité?

Enfin dans le douzième et dernier chant je dirais le retour de Napoléon à Paris ; son champ de mars, la bataille de Waterloo, sa captivité et sa mort.

Jamais sujet ne fut plus brillant, plus fécond, plus dramatique. Il permet de mettre en scène tous les hommes illustrés depuis deux générations ; de traiter toutes les questions politiques qui ont agité tous les esprits et les agitent encore ; d'examiner si Napoléon a jamais pu faire la paix ; enfin s'il a dû déserter la cause des peuples pour épouser celle des rois.

I.

Privé du secours de la mythologie et de la
féerie, vous serez obligé, lui dis-je, de vous
créer un merveilleux qui vous soit propre, et
qui ne répugne point aux idées actuelles. Per-
sonnifiez le despotisme et la liberté. Placez auprès de Napoléon un bon et un mauvais génie.
Faites intervenir des songes qui rappellent le
passé et révèlent l'avenir. En développant votre
sujet, peut-être trouverez-vous encore des res-
sorts plus puissants.

Ce plan n'est qu'une ébauche informe; mais,
fût-il longuement médité, il est vraisemblable
que vous le modifieriez dans le cours de l'exé-
cution.

Reprenez donc votre sujet, il est digne de
tous vos efforts, et propre à remplir et immortaliser votre vie.

Vous en ferez jaillir des préceptes pour tous
les âges, pour toutes les conditions. Vous le
savez : l'instruction et la morale sont le but
principal de tout poëme sérieux. Je voudrais

qu'on pût dire un jour du vôtre, ce qu'Horace disait à son ami Lollius de celui d'Homère :

> Trojani belli scriptorem, maxume Lolli,
> Dum tu declamas Romæ, Præneste relegi;
> Qui, quid sit pulchrum, quid turpe, quid utile, quid non,
> Plenius ac melius Crysippo et Crantore dicit.
>
> Lib. I, ep. II, v. 1-4.

et je voudrais qu'on pût ajouter :

> Stultorum regum et populorum continet æstus.
>
> Id., v. 8.

Quand vit-on pousser plus loin que de nos jours les erreurs des uns et des autres? quand put-on dire avec plus de vérité :

> Iliacos intra muros peccatur et extra.
>
> Id., v. 16.

Après ces conseils sur la composition, j'essayai de lui en donner quelques-uns sur le style poétique. L'intérêt que dès sa première jeunesse j'ai pris à ses études m'y autorisait. Cet intérêt m'excita à joindre un exemple aux pré-

ceptes, et je composai pour lui dans ce seul but
les soixante vers qui servent d'exorde au chant
que je publie. J'y tiens le langage d'un homme
à peine sorti de l'enfance à l'époque des premiers triomphes de Napoléon, tandis qu'alors
j'avais atteint l'âge mur. C'était donc pour
M. Bignan que je les écrivais.

Ce prélude m'inspira du goût pour ce travail,
dont j'entrevoyais la magnificence. Je m'y suis
donc livré toutes les fois que j'ai pu le faire
sans négliger les fonctions que le gouvernement
a daigné me confier.

Je suis dans un âge trop avancé ; je travaille
trop lentement, trop rarement pour me flatter
de mettre la dernière main à un œuvre de si
longue haleine ; mais tant que le ciel me con-
servera les facultés dont je jouis, je ferai de
cette occupation le charme de ma vieillesse,
si l'accueil fait à ce premier chant m'encou-
rage à poursuivre ce travail. Je ne l'aurais
point publié, si les honneurs funèbres rendus

aux cendres de Napoléon ne m'avaient excité
à leur apporter aussi le tribut de mon admi-
ration.

Paris, 16 décembre 1840.

Collot,

Directeur de la Monnaie.

LA CHUTE

DE

NAPOLÉON.

Chant Premier.

𝕬rgument.

—

Exorde. — Invocation. — Discours des courtisans. — Leurs funestes
résultats. — Esquisse rapide des hauts faits et de la puissance
de Napoléon en 1809. — Projets de mariage. — Pressentiment.
— Sommeil après la bataille de RATISBONNE. — Songes riants. —
— Songes sinistres. — Brusque réveil. — Napoléon passe la revue
de son armée victorieuse. — Son cortége. — Portraits de Masséna, de Davoust et de Lannes. — Allocution de l'Empereur
à son armée. — Actions d'éclat du général Mouton, du maréchal Davoust et du maréchal Lannes. — Distribution des récompenses promises par l'Empereur. — Impression qu'elles produi-
sent sur l'armée. — Ordre de départ pour Vienne. — Transports
de joie.

LA CHUTE

DE

NAPOLÉON.

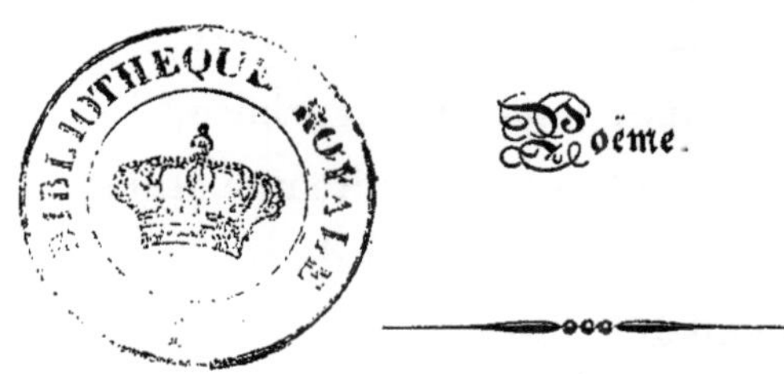

Poëme.

O France, le canon, héraut de la victoire,
Autour de mon berceau fit résonner ta gloire;
Et dès mes premiers ans, pressentant nos destins,
Mes regards dévoraient ces fameux bulletins
Traçant en traits de feu ces terribles batailles
Où nos soldats, bravant les boulets, les mitrailles,
Franchissaient les torrents, renversaient les remparts,
Sur leurs débris sanglants, plantaient nos étendards,
Impatients, volaient d'obstacles en obstacles,
Et pour en triompher, enfantaient des miracles.

J'y voyais sous leurs coups tomber vingt bataillons ;
Les autres, dispersés comme des tourbillons,
Fuyaient épouvantés de leur prompte défaite;
Partout un mur d'airain leur fermait la retraite;
Et désarmés, captifs, leurs rangs silencieux,
L'œil morne, traversant nos rangs victorieux,
Annonçaient à l'Europe, émue et comprimée,
Qu'un jour nous suffisait pour détruire une armée.
Quand, rayonnant de gloire et libre de travaux,
Napoléon venait ennoblir son repos,
Sa parole érigeait cette colonne altière,
Qui de bronze conquis, glorieuse matière,
Déroule à nos regards tous les lauriers cueillis
Aux champs de Memmingen et d'Ulm et d'Austerlitz[1].
Elle érigeait encor ces arches triomphales,
Des héros de nos jours mémorables annales,
Ouvertes pour transmettre à la postérité
Leurs noms, gravés des mains de l'immortalité.

Tant de faits éclatants, charme de ma jeunesse,
Faisaient battre mon cœur d'orgueil et d'allégresse;
Et je priais le ciel qu'il daignât de mes jours,
Trop peu nombreux encore, accélérer le cours,

32

Pour qu'il me fût permis d'aller au champ de gloire,
Conquérir à mon tour ma page dans l'histoire;
Tant je craignais alors qu'il ne fût moissonné
Avant que du péril pour moi l'heure eût sonné.

Hélas! qui m'aurait dit que ces grands jours de fête
Feraient place à des jours de deuil et de tempête?
Qui m'eût dit que du sort les terribles décrets
Transformeraient bientôt nos palmes en cyprès?
Durant ces jours brillants, nul sinistre présage
Ne faisait pressentir l'approche du naufrage;
Et la France espérait, pour prix de ses succès,
Voir bientôt arborer le rameau de la paix.
Napoléon lui-même en vantait les délices :
Nous n'avons, disait-il, fait tant de sacrifices
Que pour forcer l'Europe à respecter nos droits;
Encore une victoire, une seule, et les rois[2],
Fatigués de leur longue et vaine résistance,
Viendront, le front courbé, demander à la France
Cette paix si longtemps refusée à nos vœux;
Je la leur donnerai; mais, soldats, je la veux
Glorieuse, solide, et si bien cimentée,
Que partout, moi vivant, elle soit respectée,

54

Et que chacun de vous, rentré dans ses foyers,
Y vive noblement du fruit de ses lauriers.

C'est ainsi qu'il parlait. Quel esprit de démence
Parvint à s'emparer de ce génie immense,
Pour le précipiter dans toute sa splendeur,
Du faîte de la gloire au comble du malheur?

Muse, de ce malheur, si digne de mémoire,
Viens, en habits de deuil, nous raconter l'histoire,
Par tes mâles accents, viens instruire les rois
A ne jamais franchir les bornes de leurs droits.
Du pouvoir absolu dis la fatale ivresse;
Que sous leur joug de fer, la candeur, la sagesse,
Ne pouvant sans péril habiter leur palais,
En sortent l'œil en pleurs, pour n'y rentrer jamais;
L'indulgente amitié s'éloigne la dernière,
Et prête à revenir à la moindre prière.
Elle l'appellera de ses vœux, mais en vain;
Tout monarque absolu se fait un cœur d'airain;
Céder à l'amitié lui paraîtrait faiblesse;
Tout devoir l'importune et tout lien le blesse;
Sa volonté suprême est son unique loi;

75
Qui l'ose critiquer est l'ennemi du roi.

Alors de vils flatteurs la voix obséquieuse,
Chatouillant avec art son oreille orgueilleuse,
Décore du beau nom de noble fermeté
Ce mépris révoltant de toute liberté.
Un front à qui le ciel confie un diadème,
Disent-ils, doit savoir gouverner par soi-même.
S'il fallait d'un conseil sonder tous les avis,
L'esprit le plus perçant flotterait indécis;
On ne pourrait marcher que par poids et mesure;
Il faudrait s'arrêter au plus léger murmure;
Et pour exécuter les plus simples projets,
Consulter humblement le vœu de ses sujets;
Comme si cet amas, indigeste assemblage,
Avait reçu du ciel la sagesse en partage;
Lui, qui détruit le soir ce qu'il fit le matin;
Qui de son bienfaiteur brise tôujours la main,
Quand il la sent fléchir au gré de son caprice.
Ah! n'attendez de lui ni raison ni justice;
Méprisez son murmure et tous ses vains discours;
A vos hardis desseins donnez un libre cours,
Et ne permettez point que des voix inquiètes

97

S'arrogent le pouvoir de borner vos conquêtes.

Vos pas victorieux ne sauraient s'arrêter

Tant qu'il vous restera d'ennemis à dompter.

Alexandre, César, que votre gloire efface,

N'ont dû leurs grands succès qu'à leur savante audace,

N'écoutez que la vôtre, et ces deux grands guerriers,

Auront bien moins que vous moissonné de lauriers.

Ainsi, loin de nourrir de conseils salutaires

Le monarque embrasé de projets téméraires,

Les vils adulateurs qui peuplent son palais,

Attisant nuit et jour le feu de ses projets,

L'excitent à courir sans frein et sans défense

Vers le gouffre qui doit engloutir sa puissance.

Tel périt de nos jours ce prince audacieux,

Qui dans tous les combats, vingt ans victorieux,

Vit s'éteindre à jamais, dans une seule automne,

Les rayons éclatants qui formaient sa couronne,

Et qui, précipité de revers en revers,

Se vit traîner captif au bout de l'univers,

Dans une île escarpée, orageuse, mortelle,

Où des rois ses vainqueurs, la vengeance cruelle,

¹¹⁸ Le courbant chaque jour sous un affront nouveau,
Le força sous ce joug de descendre au tombeau ;
Ressuscitant ainsi la fable détestée
Du vautour qui rongeait le cœur de Prométhée.

Muse, avant de descendre à ces jours odieux,
Montre-nous ce héros, rival des demi-dieux,
Relevant de sa main puissante et protectrice
La France, suspendue au bord d'un précipice;
La replaçant soudain sous l'égide des lois,
Lui rendant son éclat par de nombreux exploits,
Et dans moins de quinze ans, par des travaux immenses,
L'élevant au-dessus de toutes les puissances.

Il avait accompli ces faits prodigieux.
L'Europe contemplait son front victorieux,
Avec un sentiment de respect et de crainte,
Et d'un être céleste y croyait voir l'empreinte.
Les rois ne parlaient plus en termes dédaigneux,
Du rang qu'avaient en Corse occupé ses aïeux.
Ils voyaient sur son front briller deux diadèmes
Surpassant en éclat ceux qu'ils portaient eux-mêmes;
Et dix fois la victoire ayant mis en ses mains

139

Des trônes ébranlés les fragiles destins,

Leur avait fait sentir qu'une étroite alliance

Pouvait seule à leur gré raffermir leur puissance ;

Et pressés de former cet utile lien,

Ils brûlaient en secret d'unir leur sang au sien ;

Lui, jaloux de donner à sa tige héroïque

Des rejetons greffés sur une tige antique,

Mais sans sacrifier à ce nouvel éclat

Aucun des fruits conquis par quinze ans de combat,

Examine avec calme en quelle dynastie

La France doit trouver le plus de garantie,

Pour voir ces deux rameaux, l'un par l'autre affermis,

S'élever d'âge en âge étroitement unis.

La Russie et l'Autriche arrêtent sa pensée ;

D'abord sur la Russie elle s'était fixée.

Il avait obtenu, pour gage de la paix,

Qu'elle fermât ses ports aux voiles des Anglais.

Ce peuple lui faisait une guerre implacable,

Et, n'offrant à ses coups qu'un seul point vulnérable,

Il voulait l'y frapper ; mais pour y parvenir,

De tous les ports d'Europe il fallait le bannir.

Il marche vers ce but avec persévérance,

Et de l'atteindre il voit rayonner l'espérance ;

162

Il voit de jour en jour leur commerce languir,

Leur trésor s'épuiser, leur crédit s'affaiblir,

Depuis que la Russie, épousant sa querelle,

Se montre studieuse à lui rester fidèle.

Il faut donc conserver ce précieux concours.

Mais à quel prix le Czar vendra-t-il son secours?

La-Finlande est déjà sous son obéissance,

Jusqu'au Danube même il étend sa puissance,

Et son ambition croissant à chaque pas,

Il voudrait du sultan partager les États.

Napoléon, habile à conjurer l'orage,

A deux ans éludé ce dangereux partage;

Mais s'il prolonge encor ces captieux délais,

Le Czar impatient se rallie aux Anglais.

Déjà de ses États les puissants feudataires

Montrent en murmurant les produits de leurs terres

Avilis, délaissés, sur le sol maternel;

Leurs ports inanimés, frappés d'un coup mortel,

Depuis qu'on ne voit plus aborder sur leurs rives

Du peuple d'Albion les voiles nutritives.

Pourquoi donc, disent-ils, maintenir un traité

Qui chaque jour accroît cette calamité?

Ne fut-il point rompu quand de la Gallicie

185

La France osa doter le duc de Varsovie [3]?
Subir un tel affront serait se dégrader.
Il faut, l'honneur l'ordonne, il faut, sans plus tarder,
Revenir sur nos pas, changer de politique,
Et rouvrir aux Anglais le sein de la Baltique,
L'étranger fomentant ces sentiments haineux.
Napoléon prévoit qu'ils briseront les nœuds
Qui maintenaient en paix la France et la Russie.
D'un noir pressentiment son âme en est saisie;
Et ce pressentiment, qu'il voudrait écarter,
L'obsède, et bien souvent le revient tourmenter.
On dit même, et ce bruit est devenu croyable,
Qu'en Bavière, durant une nuit effroyable,
Où la grêle, la foudre et les vents déchaînés,
Arrachaient au sommeil les mortels consternés,
Et répandaient au loin le deuil et l'épouvante,
Après une bataille acharnée et sanglante,
Ce vainqueur, étendu sur un lit de drapeaux,
Dormait enseveli dans un profond repos.
Morphée, ouvrant sur lui ses deux portes d'ivoire,
En laisse s'envoler divers songes de gloire,
Qui, fascinant l'esprit de ce jeune héros,
Font passer sous ses yeux les plus riants tableaux.

208
D'abord c'est une armée innombrable, aguerrie,
Qui contre lui s'élance, et croit dans sa furie
Venger, en un seul jour, ses précédents affronts;
Déjà sur nos deux flancs volent ses escadrons,
Et cent bouches de feu, vomissant le tonnerre,
De leur fracas horrible ont ébranlé la terre.
Lui, calme observateur, à travers tous ces feux,
Découvre d'un clin d'œil le point défectueux,
Qui de ses ennemis doit entraîner la fuite;
Il y vole, l'attaque, et l'armée est détruite.
Bientôt viennent en deuil de nombreux députés,
Apportant dans leurs mains les clefs de leurs cités,
Et, les genoux fléchis, implorant sa clémence.
D'un regard dans leur cœur il verse l'espérance,
Et d'un ton paternel leur adresse ces mots :
Reprenez, leur dit-il, vos utiles travaux;
Rien n'en troublera plus l'honorable exercice;
Ma présence est pour vous un gage de justice.

Rêvant toujours, il croit qu'après mille combats,
Précédé de la paix il rentre en ses États,
Agrandis, illustrés par sa seule vaillance;
De nombreux monuments racontent sa puissance

230

Ce sont de longs canaux, des ponts et des chemins
Surpassant en grandeur les travaux des Romains;
Il voit nos arsenaux, avant lui solitaires,
Étaler à ses yeux leurs trésors tutélaires;
Nos villages, jadis de vieux chaume couverts,
Décorés de maisons qui, bravant les hivers,
Ont de la propreté la riante parure;
Dans nos champs consolés fleurit l'agriculture;
En nos ports le commerce avec sa liberté;
Dans nos villes les arts, l'ordre, l'urbanité;
Et la religion que la raison éclaire,
Brille, soumise aux lois, au sein du sanctuaire.

Enfin, pour dernier charme il monte en son palais;
Un peuple, ivre de joie, en borde les accès.
Dans ce séjour pompeux tout parle de sa gloire;
La peinture à grands traits en retrace l'histoire :
A peine en son printemps il se voit dans Toulon
Humiliant l'orgueil de l'altière Albion;
Bientôt après en France étouffant l'anarchie;
Au pas de course ensuite il conquiert l'Italie,
Ne donne à ses soldats qu'un hiver de repos,
Vole avec eux sous Vienne arborer nos drapeaux;

252
Arbitre de la paix, il s'arrête, et s'applique
A prouver qu'il n'est pas moins sage politique
Qu'il ne fût grand guerrier encore jouvenceau,
Et que Minerve et Mars habitent son cerveau.
La paix signée, il voit la fête triomphale
Qu'à son heureux retour la France impartiale
Lui décerna pour prix de ses nombreux exploits.
La Vérité debout gravait sur les parois :
Bonaparte, vainqueur dans trois fois six batailles,
Et sept fois dix combats, rentre dans nos murailles.
Au sortir de la fête, il traverse les flots :
La fortune guidait quatre fois cent vaisseaux,
Transportant avec lui toute une armée entière.
Sur les rives du Nil, terre inhospitalière,
Il aborde, débarque, et verse sur ces bords,
De nos arts créateurs les fertiles trésors;
Aux plaines de Memphis en étend la semence;
Du Mameluk féroce y détruit la puissance;
Et quand de ses bienfaits le germe est assuré,
Par la France en péril à grands cris attiré,
Il revient, la rassure, et de ses mains puissantes,
Saisissant de l'État les rênes languissantes,
Renverse le pouvoir, qui les laissait flotter,

275
Et sur un trône vide il s'apprête à monter.

Soudain la scène change, et des songes sinistres,
Des arrêts du destin prophétiques ministres,
Ne lui retracent plus que tableaux désastreux.
Il croit voir s'élancer d'un séjour ténébreux
Un léopard ailé, qui, traversant les nues,
Poursuit en rugissant des aigles éperdues.
Une seule s'arrête et l'ose défier.
Soudain s'engage entre eux un combat meurtrier ;
Dans leurs regards en feu la fureur étincelle ;
Mille coups sont portés, le sang coule, ruisselle,
Et ces deux combattants, l'un sur l'autre acharnés,
Allaient, demi-mourants, tomber exterminés,
Quand un noir ouragan, déchaîné par Éole,
Fond sur eux, les sépare, et le songe s'envole.

Un autre lui succède : il voit des ennemis,
Par ses soldats vainqueurs vivement poursuivis.
Mais malgré leur ardeur, toute poursuite est vaine.
Vers des déserts glacés leur course les entraîne ;
Ils voudraient s'arrêter ; lui, bravant les frimas,
A s'y précipiter excite ses soldats ;

296

Y galope à leur tête, et leur montre leur proie.
Les soldats ranimés poussent des cris de joie,
Redoublent de vitesse et touchent au moment
De saisir leurs captifs.... O prodige! un géant,
Colosse immense, informe, horrible, épouvantable [4],
S'avance, et leur présente un corps impénétrable;
De sa droite il répand des neiges par monceaux;
De sa gauche descend un fleuve dont les eaux
Se durcissent au souffle émané de sa bouche;
Arbre, plante, animaux, hommes, tout ce qu'il touche,
Se transforment soudain en rigides glaçons;
Nos soldats sont saisis d'invincibles frissons;
Ils voudraient fuir; leurs pieds sont devenus de glace;
Et le froid de la mort les enchaîne à leur place.
Le monstre avance, avance, et presqu'en un clin d'œil
Les a tous recouverts de leur dernier linceuil [*].
De cavaliers épars à peine un petit nombre,
Échappés, demi-morts, à ce terrible encombre,
Viennent se rallier autour de son drapeau,

---

[*] Si le mot *linceuil*, mis pour *linceul*, paraît une licence trop
forte, on pourra remplacer ce vers par celui-ci :

> Les a tous renfermés dans un même cercueil.

Mais je crois que l'image serait moins poétique.

315
Le placent malgré lui sur un léger traîneau,
Qui le transporte loin de cette horrible scène,
Et sur le sol français d'un seul trait le ramène.

A peine il l'a touché, que s'offre à ses regards
Une figure pâle, et les cheveux épars;
Le sang qui coule encor sur cette chevelure,
Atteste une récente et profonde blessure;
Des sanglots comprimés s'échappent de son sein,
Et chacun de ses pas, chancelant, incertain,
Fait craindre, qu'épuisée, et bientôt défaillante
Sous le poids de ses maux elle tombe expirante.
Il vole à son secours... Dieux! que voit-il? quels traits!
Quoi! ma mère! est-ce vous? Oui, je vous reconnais!
Quel monstre a pu frapper cette tête sacrée?
C'est toi.... Ces mots lancés d'une voix ulcérée,
Ont d'un coup si terrible ébranlé son esprit,
Qu'il s'éveille égaré, prêt à fuir de ce lit,
Où retentit encor cette voix formidable.
Quel est donc, se dit-il, ce rêve abominable?
Quel génie infernal en mon sein l'a vomi?
Mais pourquoi me troubler? Suis-je encore endormi?
La raison sur mes sens n'a-t-elle plus d'empire?

337

Ne me dit-elle point que ce n'est qu'un délire,
Qu'une de ces vapeurs qu'enfante le sommeil,
Et qui s'évanouit au moment du réveil?
Fuyez donc loin de nous, images ténébreuses;
Laissez-moi contempler ces dépouilles nombreuses,
Qu'hier ma main conquit aux champs de la valeur;
Allons à nos soldats montrer ce front vainqueur,
D'où jaillissent sur eux tant de rayons de gloire;
Allons leur départir les fruits de ma victoire;
Qu'en traversant leurs rangs, le brave, par ma voix,
Entende avec orgueil proclamer ses exploits,
Et reçoive à l'instant de ma main triomphante,
De son brillant courage une palme éclatante.
Il dit, et sur-le-champ ses ordres sont donnés,
Ses lieutenants debout, ses chevaux amenés;
Dans le camp retentit la trompette guerrière;
Le soldat dispersé vole vers sa bannière,
Prend ses armes, son rang, et le camp tout entier
Apparaît tout à coup en ordre régulier,
Paré, resplendissant, en appareil de fête,
Tel qu'un triomphateur célébrant sa conquête.
Ce spectacle imposant de force et de grandeur,
Fait tressaillir d'orgueil l'âme de l'Empereur.

360

Il sait que ces guerriers, formés à son école,
Au seul nom de l'honneur, à sa moindre parole,
Passeraient sans pâlir à travers des brasiers,
Avant que de laisser entacher leurs lauriers.
Cette intrépidité si longtemps éprouvée,
Qu'aucun roi n'a jamais impunément bravée,
A porté sa puissance en un si haut degré,
Qu'il paraît au destin commander à son gré.
Il s'avance entouré d'un cortége de gloire;
Chaque nom près de lui rappelle une victoire :
C'est *Rivoli* d'abord, à qui Napoléon,
D'*Enfant de la victoire* avait donné le nom,
Avant qu'il eût conquis celui qui le décore.
Un autre plus brillant doit l'illustrer encore;
Sans pourtant que l'éclat de ces nouveaux lauriers
Du temple de mémoire efface les premiers;
Loano, *Zurich*, *Géne*, et tant d'autres journées,
De la main de Clio sur l'airain burinées,
Brilleront aux regards de nos derniers neveux.
Sobre, actif, vigilant, impénétrable, *heureux*[*],

---

[*] Ce général a pris part à plus de combats et plus de batailles qu'aucun des généraux anciens et modernes, sans avoir jamais reçu la moindre blessure.

380

C'était à ce guerrier qu'à l'heure décisive
L'Empereur confiait la part la plus active.

D'Averstadt, son émule, et non moins ferme appui,
Ceint d'un nouveau laurier, marche à côté de lui.
Modeste, mais instruit; calme, mais intrépide,
Et de la discipline observateur rigide,
Il la fit respecter en tout temps, en tous lieux,
Même dans les moments les plus licencieux;
Froid au sein du péril, impassible, tenace,
Que de palmes obtint son admirable audace!
Elle brille à Memphis de son premier éclat;
Plus éclatante encore aux champs de d'Averstadt;
Et quand au jour d'Eylau tout parle de défaite,
Que l'Empereur lui-même ordonne la retraite,
A cet ordre suprême il ose résister;
Et ferme comme un roc, bien loin de déserter
L'arène, où tout le jour il s'est chargé de gloire,
Seul il ose combattre et fixe la victoire.

Tel le fils de *Tydée*, alors qu'Agamemnon,
Consterné des exploits du héros d'Ilion,
Ordonne à tous les Grecs la fuite la plus prompte,

401

Lui, bravant un pouvoir qui prescrivait la honte,
Déclare hautement qu'il n'obéira pas;
A suivre son exemple excite ses soldats;
Et dussions-nous, dit-il, nous seuls assiéger Troie,
J'y vole, le cœur plein d'espérance et de joie.
Il dit, et tous les Grecs qu'anime son ardeur,
D'un transport belliqueux sentent battre leur cœur;
Et ne pouvant bientôt en maîtriser la flamme,
Demandent à grands cris à marcher sur Pergame.

Quel est au milieu d'eux ce front si radieux?
Cet œil étincelant, ce port audacieux?
Cette figure fière et de gloire enflammée?
Lui? C'est Montébello, l'Achille de l'armée.
Ennemi du repos, avide de combats,
Affamé de périls, affronteur de trépas,
Frémissant de plaisir à l'odeur de la poudre,
Au cliquetis du fer, au fracas de la foudre,
Il vole non moins prompt que le vent déchaîné,
Partout où le combat est le plus acharné;
Y sème à pleines mains le deuil et l'épouvante;
Renverse, écrase, éteint tout ce qui se présente;
Et ne quitte le champ, qu'il vient de dévaster,

423
Qu'alors qu'il ne voit plus d'ennemis à dompter.

Tel un lion terrible, échappé de l'arène,
Court furieux partout où sa rage l'entraîne;
Déchirant, dévorant avec rapidité
Tout malheureux offert à sa férocité;
Vieillards, femmes, enfants, tombent tous ses victimes.
Si, touchés de leur sort, des hommes magnanimes
S'arment pour le combattre et pour l'exterminer,
Aussitôt le lion, sans rien examiner,
Fond sur eux, l'œil en feu, la crinière dressée,
D'un bond s'élance au sein de la troupe pressée,
L'entr'ouvre, la disperse; et dans quelques instants
A jonché le terrain de leurs membres sanglants;
Et, vainqueur assouvi, ne cesse le carnage
Qu'alors qu'il ne voit plus d'aliment à sa rage.

Près des rives du Gers, dans les murs de Lectour,
Ce héros indomptable avait reçu le jour.
Lannes était le nom qu'il reçut de son père,
Modeste possesseur d'un petit coin de terre,
Que bien souvent son front trempa de sa sueur.
Il eût voulu soumettre à ce même labeur

Les mains de son enfant, mains indisciplinées,

Qu'aux plus nobles travaux Mars avait destinées.

Mais lui : Quoi ! tu voudrais que les bras de ton fils

A ce travail ingrat fussent assujettis ?

Quel en serait le prix ? Vois quelle fut ta vie :

Malgré ta probité, tes soins, ton énergie,

Que de privations, de tourments, de chagrins !

Et pour comble de maux, que d'insolents dédains !

Moi, je les subirais ! Non, non, dès mon enfance,

Tout mon sang bouillonnait à la moindre insolence.

Je veux m'en garantir. Un monde tout nouveau,

Sur tous les rangs, dit-on, a passé son niveau. .

Et devant le mérite abaisse les barrières

Qui jadis lui fermaient les plus nobles carrières.

La mienne, je le sens, est celle des combats.

Laisse-moi m'y lancer, et dès mes premiers pas,

Je veux que de mon nom parle toute l'armée,

Et même en fatiguer un jour la renommée.

N'accuse point ton fils d'un orgueil insensé :

Une secrète voix m'a souvent annoncé

Que je m'élèverais par ma seule vaillance,

Au rang de ce Fabert, la gloire de la France.

Ce soir sous nos drapeaux je vais donc m'engager ;

487
Mais, malgré mon désir, avant de m'y ranger,
Je veux être béni de la main de mon père :
L'heure de mon départ me sera moins amère.
Il dit : Son père ému le presse sur son cœur,
Le bénit, et le fils part navré de douleur.

Il tient parole : à peine a-t-il joint sa bannière,
Que son air martial, son attitude fière
Attirent les regards, et dans moins de quatre ans,
Il a, de grade en grade, atteint les premiers rangs.
Chacun d'eux fut le prix d'un acte mémorable.
Muse, quelle sera la voix infatigable,
Digne de célébrer les merveilleux travaux
Qui de palmes jonchaient les pas de ce héros ?
La mienne ne saurait fournir cette carrière :
A celle que je cours je la dois tout entière ;
Mais ne pourrais-je point, sans enfreindre tes lois,
Esquisser à grands traits ses plus brillants exploits ?
La plaintive amitié réclame cet hommage :
Viens donc, ta lyre en main, soutenir mon langage.

Vers le pont de Lodi prends ton premier essor :
Trente bouches à feu, ministres de la mort,

488

En défendaient l'approche; assis sur le rivage,
Un mur inexpugnable en barrait le passage,
Et derrière ce mur vingt mille combattants
De pied ferme attendaient nos soldats haletants.
Dans une aile avancée, une étroite embrasure
Laisse au char voyageur une seule ouverture.
Voilà le pas mortel qu'il nous faut affronter,
Et c'est à découvert qu'il s'y faut présenter.
Nos soldats en un mois ont fait tant de miracles [6],
Que leur chef indompté ne connaît plus d'obstacles.
Il ordonne l'attaque, et pour ce coup d'éclat,
Lannes, vainqueur du Pô, doit ouvrir le combat [7].
Suivi de sa brigade, il s'y lance à leur tête.
Un déluge de feux, dévorante tempête,
Fond sur eux, les mutile, en renverse trois cents [*];
Le reste court toujours, baïonnette en avant,
Arrive au débouché, le force, le traverse,
Culbute l'ennemi, l'écrase ou le disperse;
Et nous voyons bientôt leurs débris fugitifs
Arrêtés dans leur course, et ramenés captifs.

[*] Un substantif pluriel ne pourrait point rimer avec un singulier; mais je crois qu'il le peut avec un mot indéclinable tel qu'une préposition.

508
Ce triomphe éclatant nous donne l'Italie [8].

La révolte bientôt éclate dans Pavie :
Le cruel fanatisme en attise l'ardeur.
Le sang français y coule, et demande un vengeur.
Lannes accourt. En vain les portes sont fermées,
Des foudres du dieu Mars les murailles armées,
Une porte succombe aux coups de ce guerrier [9];
Elle n'est qu'entr'ouverte; il passe le premier;
Nul ne peut après lui se frayer ce passage.
Sur lui les révoltés tournent soudain leur rage;
Dirigent vers sa tête une grêle de feux;
Il va périr... Les siens, dans ce moment affreux,
S'efforcent à grands coups de briser cette porte;
Elle tombe en éclats. L'intrépide cohorte
Pénètre, se répand; tout cède à sa fureur;
Et la ville rebelle est en proie au vainqueur.
La révolte en un jour ainsi fut étouffée;
Et ce guerrier, pour prix de ce nouveau trophée,
Est inscrit par la France au rang des généraux,
Et par l'armée entière au nombre des héros.
Lui, sans s'enorgueillir de cet honneur insigne,
Ne forme qu'un seul vœu: c'est de s'en montrer digne.

3.

530
Ne nous arrêtons point à chacun de ses pas.

Volons au champ d'Arcole, où la faux du trépas

Durant trois jours entiers apparut affamée.

L'Autriche avait deux fois vu périr son armée;

Ses aigles n'osaient plus s'élever devant nous.

Tremblante de tomber encore sous nos coups,

Elle double ses rangs. Ses cohortes nombreuses,

Dépassant de bien loin nos troupes belliqueuses,

Triomphent en espoir. Leur nouveau général

D'un combat décisif va donner le signal.

Lannes en est instruit. Sur un lit de souffrance,

Une blessure grave enchaînait sa vaillance;

Il impose à l'instant silence à la douleur;

Prend ses armes, se fait porter au champ d'honneur;

Se jette en arrivant au fort de la mêlée.

La troupe qu'il attaque allait être accablée;

Un plomb brûlant l'atteint et lui perce le bras.

L'autre, s'écria-t-il, ne me trahira pas;

Soldats, frappons toujours! Sanglant, il les excite,

Mais il chancelle, tombe; on l'emporte. Il s'irrite

D'être un moment privé de sa part de péril.

On bande sa blessure. Hâtez-vous, leur dit-il;

J'entends se ralentir le feu de mes brigades;

553
Qu'on me monte à cheval! Suivez-moi, camarades.
Bientôt il reparaît avec un front serein ;
Le feu de nos canons a ranimé son teint ;
Il veut d'un coup d'éclat signaler sa présence :
Une forte redoute avait, en son absence,
Arrêté nos progrès ; il la veut enlever ;
Il y court. Ses soldats, instruits à tout braver,
Y montent l'arme au bras, en atteignent la crête,
La franchissent ; dès lors, plus d'espoir de retraite ;
On se bat corps à corps : l'airain ne tonne plus,
On n'entend que l'acier parmi des cris confus ;
Des flots de sang bouillant inondent cette arène ;
La balance de Mars y flottait incertaine,
Quand pour la dominer Lannes crie aux éclats :
Vive la république! A ces mots, nos soldats
Se sentent transportés d'une fureur nouvelle ;
Des traits étincelants partis de leur prunelle,
Dans les rangs ennemis ont lancé la terreur ;
Ils sont anéantis, et Lannes est vainqueur,
Mais au prix de son sang : durant tout ce carnage,
Le démon des combats, jaloux de son courage,
De l'un de ses carreaux l'avait encor frappé.
Lui, sans en être ému, ne se montre occupé

570

Que du soin de fixer la victoire indécise;

Mais quand par son élan la redoute est conquise,

Il tombe évanoui; la pâleur de la mort

S'étend sur tous ses traits, mais il respire encor;

Larrey, ce fils chéri du dieu d'Épidaurie,

Accourt, sonde sa plaie et répond de sa vie.

Le plomb avait frappé la tête du fémur,

Mais sans le fracturer; d'un doigt habile et sûr,

Il l'extrait sans effort, déterge la blessure,

En comprime le sang sous une ligature,

Appelle à lui le dieu qui préside au repos,

Abreuve ce guerrier du suc de ses pavots,

Et verse en tous ses sens un calme salutaire.

Deux jours après, on dit que Mars nous est contraire,

Qu'il faut fuir. A ce mot : Moi fuir! Plutôt la mort!

Il faut combattre. Amis, faisons rougir le sort

De trahir la valeur. Qu'à ma selle on m'attache;

Mes soldats rassurés en voyant mon panache,

Ne voudront plus céder un seul pas de terrain,

Et du sort menaçant nous forcerons la main.

Croyez à ma parole. A ce ton d'assurance,

Chacun sent dans son cœur rentrer la confiance.

Il sort. A son aspect, ses soldats raffermis

599
S'élancent de nouveau sur les rangs ennemis,
Y reportent la peur, le désordre, la fuite,
Rien ne peut arrêter leur ardente poursuite.
Bonaparte attentif, témoin de ces progrès,
En fait par sa réserve assurer le succès;
Le camp est envahi : canons, armes, bagage,
Aux mains de nos soldats sont tombés en partage.
Le triomphe est complet; mais qu'il est cher payé!
Sous nos yeux dans son sang Lannes était noyé;
Un plomb de part en part traverse sa poitrine,
D'où semble s'exhaler cette flamme divine
Qui l'avait animé. Le bruit de ce malheur,
Volant de rang en rang, y sème la douleur;
De ses regrets chacun veut lui porter l'hommage,
Veut encore une fois contempler son visage :
Mais Larrey, loin du bruit l'avait fait enlever.
A-t-il, demande-t-on, l'espoir de le sauver?
Tout se tait; cependant, à travers ce silence,
Larrey laisse percer un rayon d'espérance.
Trente fois le soleil avait fini son cours,
Et sur l'infortuné la mort planait toujours.
Elle s'éloigne enfin, Lannes semble renaître.
Il renaît, et bientôt on le voit reparaître,

622

Non moins impétueux, non moins ferme aux combats,
Que s'il n'eût point senti les affres du trépas [10].
Faudra-t-il le montrer en Égypte, en Syrie,
Encor deux fois percé d'une balle ennemie?
Au champ de Marengo ceint d'un sabre d'honneur?
Cette arme était alors le prix de la valeur.
Temps heureux! qu'il fut court! Muse, je pourrais dire
Une foule d'exploits tous dignes de ta lyre :
Raconter Austerlitz, Iéna, Friedland [11],
Pultusk, d'où ce héros fut retiré sanglant;
De là le transporter sur les rives de l'Èbre;
Le montrer triomphant à ce siége célèbre,
Qui dans moins de deux mois nous coûta cent assauts *.
Mais c'est trop m'arrêter aux pas de ce héros;
Pardonne ce retard, je n'ai pu me défendre
De cet épanchement en ranimant sa cendre,
Et peut-être ces vers seront-ils les derniers
Consacrés par ma lyre à parer ses lauriers.

Revenons sur nos pas : ces trois rivaux de gloire,
Lui, Masséna, Davoust, d'immortelle mémoire,
Durant cinq jours entiers, tour à tour, dans leurs mains,

* Le siége de Saragosse.

643

De l'Europe flottante ont porté les destins.

Auprès d'eux sont Berthier, le prince de Bavière,

Bernadotte, Lefèvre, Oudinot et Bessière,

Suivis de Nansouty, Gudin, Montbrun, Friant,

Mouton, Drouot, Boudet, Saint-Sulpice, Morand,

Legrand, Demont, Lacour, Tarreau, la Riboissière,

Molitor, Durosnel, Vandamme, Saint-Hilaire,

Pajol, Dupas, enfin l'élite des guerriers

Qui marchaient le front ceint de leurs nouveaux lauriers.

Sur tous les champs d'honneur nous les verrons paraître

Et toujours plus brillants ils s'y feront connaître

Par des actes d'éclat chaque jour répétés,

Mais, hélas! de leur sang trop souvent achetés.

Les voilà parvenus au centre de l'armée.

« Soldats, dit l'Empereur d'une voix animée,

« J'attendais tout de vous; j'en ai tout obtenu.

« A mes hardis desseins vous avez répondu.

« Votre rapidité, votre brillant courage,

« Sur le nombre en tous lieux ont conquis l'avantage,

« Et vous avez prouvé, par vos constants succès,

« Par quel art Alexandre avait détruit Xercès.

« Thann, Abensberg, Eckmühl, Landshut et Ratisbonne

665

« De son plus beau fleuron vont orner ma couronne.

« Vous avez, en cinq jours, conquis trente drapeaux,

« Cent pièces de canon, quinze mille chevaux,

« Trente mille captifs, leurs nombreux équipages,

« Leurs magasins remplis, leurs trésors, leurs bagages,

« Et les siècles jamais, même aux temps fabuleux,

« N'ont raconté des faits aussi miraculeux.

« J'en connais tout le prix, et ma munificence

« Vous parlera bientôt de ma reconnaissance.

« L'ennemi, rassuré par votre éloignement,

« A sans pudeur osé violer son serment.

« Le parjure avait donc banni de sa mémoire

« Maringue, Ulm, Austerlitz, remplis de votre gloire.

« Indignés, menaçants vous êtes accourus,

« Et soudain à vos coups ils vous ont reconnus.

« Ils se sont rappelés leurs défaites passées,

« Par leurs revers présents de bien loin éclipsées :

« A peine pouvons-nous rencontrer leurs débris.

« Naguère ils passaient l'Inn, vainqueurs, enorgueillis,

« Et d'un pas sacrilége ils portaient le ravage

« Jusqu'au sein des États placés sous notre ombrage;

« Que dis-je? en leur orgueil, ils osaient se flatter

687

« D'aller sur notre sol bientôt nous insulter.

« Quel réveil a suivi ce rêve chimérique !

« Aujourd'hui consternés de leur attaque inique,

« Ils implorent leur grâce, et voudraient à tout prix

« Fléchir votre courroux; mais ils nous ont appris

« De quelle ingratitude ils payaient la clémence.

« Trois fois j'ai relevé leur débile puissance [12] :

« Par quel retour ont-ils reconnu ce bienfait?

« Ils nous en ont payé par le plus noir forfait.

« Allons les en punir : que rien ne nous retienne.

« Soldats, avant un mois nous rentrerons à Vienne. »

Il se tait, et l'armée à grands cris applaudit*.

---

* Napoléon adressa ainsi ses félicitations et ses remercîments à l'armée victorieuse : « Soldats, leur disait-il, vous avez justifié mon « attente; vous avez suppléé au nombre par votre bravoure; vous « avez glorieusement marqué la différence qui existe entre les sol- « dats de César et les cohues armées de Xercès.

« En peu de jours nous avons triomphé dans les trois batailles « de Thann, d'Abensberg et d'Eckmühl, et dans les combats de « Peissing, de Landshut et de Ratisbonne : cent pièces de canon, « quarante drapeaux, cinquante mille prisonniers, trois équipages « attelés, trois mille voitures attelées portant les bagages, toutes les « caisses des régiments : voilà le résultat de la rapidité de vos mar- « ches et de votre courage.

« L'ennemi, enivré par un cabinet parjure, paraissait ne plus « conserver aucun souvenir de vous. Son réveil a été prompt; vous

699

Alors chaque soldat rappelle en son esprit
Tous les faits éclatants qui dans ces jours de gloire
Avaient sous nos drapeaux fait asseoir la victoire;
Ils nomment les héros dignes d'un des lauriers
Promis par l'Empereur aux plus vaillants guerriers.
L'un cite de Mouton l'audace triomphante,
Quand au pont de Landshut, où la flamme serpente,
De sa voix de stentor il crie à ses soldats :
Baïonnette en avant! Marchons, ne tirez pas [13].
Il dit, s'élance, vole et dévore l'espace;
Arrive à l'ennemi, le perce, le terrasse;
En poursuit les débris à travers mille feux;
Les pousse vers la place, y pénètre avec eux.
Hiller, la rage au cœur, s'obstine à la défendre;
Vains efforts : Hiller plie; il faut fuir ou se rendre;
Il fuit, abandonnant aux mains de ses vainqueurs
La place, ses trésors et tous ses défenseurs [14].

L'autre peint de Davoust l'habile résistance.

« lui avez apparu plus terribles que jamais. Naguère il a traversé
« l'Inn et envahi le territoire de nos alliés; naguère il se promettait
« de porter la guerre au sein de notre patrie. Aujourd'hui, défait,
« épouvanté, il fuit en désordre. Déjà mon avant-garde a passé l'Inn;
« avant un mois, nous serons à Vienne. »

717
Séparé de l'armée, il marchait en présence
D'un ennemi pressant et trois fois plus nombreux
Que les forces qu'il peut opposer à ses feux.
Jaloux de lui cacher sa marche et sa faiblesse,
Lui-même il le harcèle, et se montre sans cesse
Sur son front, sur ses flancs, prêt à fondre sur lui.
Mais quand enfin Lefèvre annonce son appui,
Davoust n'enchaîne plus le démon de la guerre;
Il fait marcher sur Thann, Friant et Saint-Hilaire;
Attaque Hohenzollern, le repousse, le bat,
Le sépare d'Hiller; et ce premier combat
De nos succès futurs est un heureux présage.
Abensberg et Landshut en sont un nouveau gage.
Mais au vallon d'Eckmühl, propice à ses projets,
L'Empereur veut au comble élever ses succès.
Il réserve à Davoust sa part de la victoire.
« Thann et Laichling, dit-il, vous ont comblé de gloire,
« Un nouveau champ demain va s'ouvrir devant vous,
« J'y veux à l'archiduc porter les derniers coups.
« Secondez mes efforts : Votre tâche est pénible;
« Mais à votre énergie est-il rien d'impossible!
« Jusqu'au milieu du jour, seul, vous devez porter
« Tout le poids de l'attaque et la faire avorter.

740
« J'arrive alors, j'écrase et le centre et la gauche;
« Vous tournerez sa droite; et si la nuit n'approche,
« L'archiduc est perdu; tout est pris ou détruit. »
Il dit, et part. Davoust parcourt pendant la nuit
Tout le front de sa ligne, et soudain lui fait prendre
Les postes importants qu'elle devra défendre;
Trace à ses lieutenants les plans de l'Empereur.
Le succès, leur dit-il, est en notre valeur;
Prouvons demain nos droits à cette confiance.

Bientôt le jour paraît, et Rosamberg s'avance.
Orgueilleux de son nombre, il croit nous terrasser;
Mais en vain d'heure en heure il se fait renforcer.
Davoust, présent partout, résiste inébranlable.
Napoléon survient; il foudroie, il accable
Rosamberg, qui, cerné, tombait anéanti,
Si trop prompte la nuit ne l'en eût garanti.
Gloire donc à Davoust; que de cette journée
La couronne à son front soit par nous décernée[15] !

« Lannes, dit un troisième, à ce suprême honneur
« A des droits plus certains: je l'ai vu ce vainqueur,
« Sur le centre ennemi tomber et le détruire;

761

« S'élancer sur sa droite, et bientôt la réduire

« A fuir vers le Danube à pas précipité.

« Davoust et ses soldats auraient-ils résisté

« Si Lannes accouru ne leur prêtait main forte?

« Entre Davoust et lui, jugez donc qui l'emporte.

« Je ne parlerai point d'Arnofen, de Landshut [16],

« De Rohr, de Rothembourg. Non, non, je cours au but :

« Peignons-le d'un seul trait. Signalons la journée

« Où ce héros fougueux, forçant la destinée,

« Enlève Ratisbonne : hier de ses fossés,

« Quatre fois nos soldats par le feu repoussés,

« Cédaient. Lannes, brûlant de laver leur outrage,

« Par ces mots enflammés relève leur courage.

« Soldats, vous allez voir, se met-il à crier,

« Que votre maréchal est encor grenadier [17].

« Il dit, prend une échelle, au pied du mur l'applique,

« Y monte. Électrisés par cet acte héroïque,

« Ses soldats à l'envi gravissent le rempart,

« Et sur son front soumis plantent notre étendard.

« Ratisbonne est à nous. A ce fils de Bellone,

« Qui viendrait sans pâlir disputer la couronne? »

Chacun à ce discours hésitait interdit,

783

Quand on voit dans les rangs circuler un édit
Décernant, avec choix, les plus nobles insignes
Aux guerriers par leurs pairs reconnus les plus dignes[18].
Généraux, colonels, officier ou soldat,
Blessés, ou signalés par des actes d'éclat,
Reçoivent à l'instant des titres ou des grades,
Aux acclamations de tous leurs camarades
Qu'électrise et ravit cette solennité.
Un jour elle doit dire à la postérité
Les noms de ces élus, leurs faits et leurs prouesses.

Leurs nobles compagnons, témoins de ces largesses,
Brûlent de voir rouvrir la carrière d'honneur,
Où ces palmes croissaient pour orner la valeur.

Non moins impatient, Napoléon ordonne
Qu'au lever du soleil, sortis de Ratisbonne,
Tous les corps de l'armée, avec art dirigés,
Éclairés l'un par l'autre et partout protégés,
Poursuivent l'ennemi de retraite en retraite,
Et dans sa capitale achèvent sa défaite.

Cet ordre désiré, transmis de rang en rang,

803
De nos soldats ravis fait bouillonner le sang;

Et de joie enivrés, sur les monts, dans la plaine,

On les entend crier : A Vienne! à Vienne! à Vienne!

FIN DU CHANT PREMIER.

NOTES.

N° 1, VERS 24.

Aux champs de Memmingen et d'Ulm et d'Austerlitz.

La colonne de la place Vendôme est uniquement consacrée à immortaliser nos victoires durant notre campagne de 1805.

N° 2, VERS 48.

Encore une victoire, une seule, et les rois, etc.

Dans une allocution adressée, le 20 avril 1809, aux Bavarois, Napoléon leur disait : *Cette guerre est la dernière que vous soutiendrez contre vos ennemis.*

N° 3, VERS 185, 186.

Ne fut-il point rompu, quand de la Gallicie
La France osa doter le duc de Varsovie?

Par le traité de Tilsitt, en 1807, Napoléon donna la Gallicie au roi de Saxe, créé duc de Varsovie.

N° 4, VERS 301.

Colosse immense, informe, horrible, épouvantable.

Ce vers est une traduction de celui de Virgile :

Monstrum horrendum, informe, ingens, cui lumen ademptum.

Æn., lib. iii, v. 658.

N° 5, VERS 384.

Ceint d'un nouveau laurier marche à côté de lui.

Le maréchal Davoust, duc d'Auerstaed, fut créé prince d'Eckmühl en récompense de ses belles manœuvres à la bataille de ce nom, au succès de laquelle il avait puissamment contribué.

N° 6, VERS 497.

Nos soldats en un mois ont fait tant de miracles.

Le général Bonaparte ouvrit la campagne de 1796, en Italie, par la bataille de Montenotte, qu'il livra le 22 germinal an iv, et trente jours après, le 21 floréal, il força le passage du pont de Lodi.

N° 7, VERS 500.

Lannes, vainqueur du Pô, doit ouvrir le combat.

Le 19 floréal, Lannes, adjudant général, passa le premier le Pô dans une frêle embarcation, avec 150 hommes qui eurent beaucoup de peine à traverser ce fleuve.

N° 8, vers 509.

Ce triomphe éclatant nous valut l'Italie.

Voici sur ce passage une anecdote qui n'est point connue et qui mérite de l'être.

Quand le général Bonaparte tenta de le forcer, il ignorait que toute l'armée du général Beaulieu, forte de 18 à 20,000 hommes, était agglomérée derrière le vaste moulin assis sur la rive gauche de l'Adda, et qui ferme le passage de ce pont. Il ne le croyait défendu que par deux ou trois bataillons, et par l'artillerie placée dans ce moulin et sur ses flancs. Quand il eut forcé ce passage et poursuivi l'ennemi, de retour sur ce pont, vers neuf heures du soir, il dit, moi présent : « Si j'avais cru que Beaulieu fût là avec toutes ses forces, peut-être ne l'aurais-je point attaqué. Mais comment imaginer qu'il avait entassé son armée sûr un terrain coupé de larges ruisseaux, qui ne lui permettait aucun développement et qui ne lui laissait pour retraite qu'une étroite chaussée? Comment n'a-t-il point prévu que son premier rang repoussé tomberait sur les autres, y jetterait le désordre et nous les livrerait sans défense? Il m'était impossible de supposer une disposition aussi vicieuse. »

Voilà donc les aveux de ce général, le jour de son triomphe.

Trois mois après, étant à Vérone, il donnait à dîner au proéditeur de la république de Venise. Celui-ci, attentif à lui être agréable, lui parla du passage du pont de Lodi et en exaltait la gloire.

« On l'exagère, répond le général Bonaparte; si on connaissait bien la localité, on concevrait facilement que mon triomphe était presque assuré. Je voyais Beaulieu engagé sur un terrain

qui ne lui permettait ni de développer ni d'échelonner ses forces.
Je vis à l'instant même tout le parti que je pouvais tirer de cette
faute. Je pensai qu'il me suffisait de lancer sur le pont une
demi-brigade de 1500 hommes, bien déterminés. Ils subiront,
me dis-je, deux ou trois décharges, j'en perdrai un quart,
peut-être un tiers. Le reste passe furieux, culbute le premier
bataillon qui se présente, le rejette sur ceux qui sont derrière
celui-ci, y porte le désordre ; je fais alors passer ma troupe, elle
se rend maîtresse du terrain, s'empare des batteries, et met
l'ennemi hors d'état de tenir la campagne. En effet, j'ai obtenu
ce résultat avec une perte de moins de quatre cents hommes. Il
serait difficile de remporter un si grand avantage à si peu de
frais, et vous voyez qu'il était facile de le prévoir. »

Napoléon est assez grand pour qu'on puisse retracer de pareils
traits sans porter atteinte à sa gloire ; et ils méritent d'être connus,
afin de montrer avec quelle circonspection il faut lire l'histoire.

Nº 9, VERS 515, 516.

Une porte succombe aux coups de ce guerrier ;
Elle n'est qu'entr'ouverte ; il passe le premier.

Ce fait est exact. Lannes avait fait approcher de cette porte
deux pièces de huit, qui en avaient brisé un panneau ; il passe
dans l'ouverture faite par les boulets, espérant dégager les arcs-
boutants ; et ouvrir entièrement cette porte. Elle résiste. Il se
trouve donc seul dans la place en butte au feu des assiégés, qui
n'osaient l'approcher, arrêtés par les décharges de ces deux
pièces. Les soldats de Lannes en font de nouvelles, la porte
tombe, et Lannes est délivré.

N° 10 , vers 541 à 624.

Ce récit paraîtra fabuleux ; il est cependant vrai. Avant de livrer la bataille d'Arcole, le général Bonaparte sentait si bien le danger de sa situation, qu'il écrivit à sa femme qui était à Milan, de se rendre à Gênes, où elle se rendit. Si ce général perdait cette bataille, sa retraite était périlleuse, peut-être impossible. Il avait devant lui une armée beaucoup plus forte que la sienne, et derrière il avait la garnison de Mantoue, plus nombreuse que notre armée. Pour se fortifier, le général Bonaparte appelle auprès de lui tous les guerriers d'une bravoure et d'une intelligence éprouvées. Lannes était incontestablement un des plus braves ; il fut donc appelé, quoique grièvement blessé et presque hors d'état de marcher.

Le général Bonaparte sachant que j'avais des intérêts importants à Milan, eut la bonté de m'engager à aller les régler, et de me dire quelques mots de sa situation. Je pars.

A peine avais-je passé le Mincio, que je rencontre le général Lannes allant à Vérone. « Où vas-tu ? » me dit-il (à cette époque tout le monde à cette armée se tutoyait, pour peu qu'on se connût). « A Milan, lui dis-je, remplir une mission que le général m'a donnée.

« Sais-tu ce qui se passe sur l'Adige ?

« Je crois qu'on s'apprête à s'y battre, et tu es d'un trop bon secours pour qu'on se passe de toi.

« Mais je ne peux point me tenir sur pied, ma blessure n'est pas encore fermée (il avait été blessé à la jambe au combat de Governolo), et je n'ai pas de chevaux à Vérone.

« Le général t'en fera fournir. Dans tous les cas, j'y en ai laissé quatre, tu peux en prendre deux. » Je lui désignai les meilleurs, et lui remis un ordre pour qu'on les tînt à sa disposition.

Il se rend au camp, au commencement de la bataille. Il est frappé d'une balle au bras; le soir il en reçoit une dans la cuisse; et le troisième jour qui termina cette bataille mémorable, il en reçoit à bout portant une dans la poitrine qui le perça de part en part.

Cinquante-six jours après, il dîna chez moi à Milan en parfaite convalescence.

J'ai dit que le général Lannes avait été pansé par le docteur Larrey. Je le croyais. C'est une erreur dont il m'a lui-même détrompé, il y a peu de jours. Ce docteur célèbre n'arriva à l'armée d'Italie qu'après la bataille d'Arcole.

N° 11, VERS 631.

Raconter Austerlitz, Iéna, Friedland.

En 1807, après la paix de Tilsitt, le maréchal Ney étant à Fontainebleau chez le maréchal Lannes, causait avec lui de la bataille de Friedland, en présence de plusieurs généraux qui avaient pris part à cette journée. Le général Excelmans assistait à cette conversation. Il m'a raconté que le maréchal Ney avait voulu s'y attribuer la plus grande part du gain de cette bataille, sur le champ de laquelle il ne put arriver qu'à cinq heures du soir. Le maréchal Lannes le lui contesta. Il lui démontra que le sort de la journée était presque résolu quand le maréchal Ney arriva et vint y porter les derniers coups. « Ils furent sans doute décisifs ? lui dit-il. Mais cette décision n'était plus douteuse, elle était assurée par les pertes graves que mes troupes avaient fait subir aux Russes depuis la pointe du jour. Elle l'était par la persévérance et la vigueur avec lesquelles je m'étais maintenu dans le village de Posthenen et les collines boisées qui sont sur la même ligne; elle l'était enfin par les manœuvres que, de concert avec le maréchal Mortier, nous avions faites pour défendre Heinrichsdorf, couper aux Russes la route de Kœnigsberg, et les empêcher de se déployer. »

Le maréchal Lannes exposa ses manœuvres avec tant de clarté, tant de précision; il démontra par des raisons si péremptoires que c'était à leur résultat qu'on devait la principale part de cette victoire, que le maréchal Ney, convaincu, s'écria en présence de tous les assistants :

« *M. le maréchal, je suis forcé de vous reconnaître pour mon « maître.* »

En effet, dès cette époque on regardait le maréchal Lannes comme le digne successeur du maréchal Masséna, si le sort des batailles enlevait à nos armées le premier des lieutenants de l'Empereur.

N° 12, VERS 694.

Trois fois j'ai relevé leur débile puissance.

Napoléon, dans sa proclamation aux troupes de la Confédération, datée de Donawerth, le 17 avril 1809, leur disait :

« Vainqueurs dans trois guerres, l'Autriche a dû tout à notre générosité; trois fois elle a été parjure. »

N° 13, VERS 708.

Baïonnette en avant! marchons, ne tirez pas!

Voici ce que le général Pelet, dans ses Mémoires sur la campagne de 1809, rapporte sur cette action du général Mouton.

« Le général Mouton, aide de camp de l'Empereur, se met
« à la tête des grenadiers du 17e régiment de ligne, enlève le
« premier pont, et s'empare de l'île, défendue par les bataillons
« de Duka et de Giulay. L'ennemi, terriblement pressé, veut
« brûler le grand pont de bois, fermé par une porte. Le général
« Mouton s'avance avec les grenadiers, sous un feu très-meur-
« trier qui partait des maisons, d'une église et de la tour du
« pont, occupées par les Autrichiens. Il crie aux grenadiers, de
« sa voix de tonnerre : *Ne tirez pas et marchez.* Il traverse à leur
« tête le pont qui commençait à brûler, et fait enfoncer la porte
« à coups de hache. L'audacieux général pénètre dans Landshut,
« encore plein d'ennemis, et où commence un plus vigoureux
« combat contre des troupes supérieures. »

N° 14, VERS 715, 716.

**Il fuit, abandonnant aux mains de ses vainqueurs
La place, ses trésors, et tous ses défenseurs.**

Le bulletin de la grande armée, daté de Ratisbonne, le
24 avril, dit, en parlant de cette action :

« Nous prîmes 30 pièces de canon, 9,000 prisonniers, 600 cais-
sons de parc attelés et remplis de munitions, 3,000 voitures
portant les bagages, 3 superbes équipages de pont, enfin les
hôpitaux et les magasins. »

N° 15, vers 757.

Gloire donc à Davoust!

Voyez dans le même bulletin de la grande armée toute la gloire que le maréchal Davoust, duc d'Auerstaedt, acquit à la bataille de Thann et à celle d'Eckmühl. Pour l'en récompenser, l'Empereur le nomma prince d'Eckmühl sur le champ de bataille.

N° 16, vers 767, 768.

Je ne parlerai point d'Arnhofen, de Landshut,
De Rohr, de Rothembourg.

Voici ce que le général Pelet rapporte, volume II, de ses Mémoires déjà cités :

« Lannes fut *l'Achille de l'armée et son ange exterminateur* dans ces cinq journées, où avec les mêmes troupes il combattit à de si grandes distances : à Arnhofen, à Rothembourg, à Landshut, à Eckmühl et à Ratisbonne. »

N° 17, vers 775, 776.

Soldats, vous allez voir, se met-il à crier,
Que votre maréchal est encor grenadier!

Ce trait admirable de bravoure est rapporté par le général Pelet, même volume, page 107.

NOTES.

Nº 18, vers 785, 786.

Décernant avec choix les plus nobles insignes
Aux guerriers par leurs pairs proclamés les plus dignes.*

Voici ce qu'on lit à ce sujet dans les Mémoires précités du général Pelet, pages 110 et 111, volume II :

« Dans les journées du 23 et du 24, Napoléon passa la revue des corps d'armée qui étaient auprès de lui, et leur distribua des récompenses bien méritées, gages de nouveaux succès. C'est là qu'il créa les premières baronnies et chevaleries confiées aux plus braves officiers ou soldats de chaque régiment, avec des dotations de quatre mille francs et de douze cents francs, transmissibles à leur postérité. Ces distinctions toutes nationales accordées dans l'enthousiasme et comme monuments de si brillantes victoires, étaient données au concours, en présence des corps, avec la plus sévère impartialité. »

www.ingramcontent.com/pod-product-compliance
Ingram Content Group UK Ltd.
Pitfield, Milton Keynes, MK11 3LW, UK
UKHW020035100726
13658UKWH00003B/1336